U0074857

閱讀123

國家圖書館出版品預行編目資料

黑白神醫大麥町. 1, 流浪狗變神醫 / 林哲璋文 ; cheng cheng圖. -- 第一版. -- 臺北市 : 親子天下股份有限公司, 2023.10
120面 ; 14.8*21公分. -- (閱讀123系列 ; 100)
國語注音
ISBN 978-626-305-576-6(平裝)
863.596 112013861

閱讀學習單

葉惠貞老師親編

閱讀123系列 100

黑白神醫大麥町 1

流浪狗變神醫

作者｜林哲璋
繪者｜ cheng cheng

責任編輯｜張佑旭
美術設計｜王薏雯
行銷企劃｜張家綺

天下雜誌群創辦人｜殷允芃
董事長兼執行長｜何琦瑜
媒體暨產品事業群
總經理｜游玉雪
副總經理｜林彥傑
總編輯｜林欣靜
行銷總監｜林育菁
副總監｜蔡忠琦
版權主任｜何晨瑋、黃微真

出版者｜親子天下股份有限公司
地址｜台北市 104 建國北路一段 96 號 4 樓
電話｜（02）2509-2800　傳真｜（02）2509-2462
網址｜ www.parenting.com.tw
讀者服務專線｜（02）2662-0332　週一～週五：09:00~17:30
傳真｜（02）2662-6048　客服信箱｜ parenting@cw.com.tw
法律顧問｜台英國際商務法律事務所・羅明通律師
製版印刷｜中原造像股份有限公司
總經銷｜大和圖書有限公司　電話：（02）8990-2588

出版日期｜ 2023 年 10 月第一版第一次印行
2024 年 7 月第一版第二次印行
定價｜ 320 元
書號｜ BKKCD0162P
ISBN ｜ 978-626-305-576-6（平裝）

訂購服務
親子天下 Shopping ｜ shopping.parenting.com.tw
海外 ・ 大量訂購｜ parenting@cw.com.tw
書香花園｜台北市建國北路二段 6 巷 11 號　電話（02）2506-1635
劃撥帳號｜ 50331356　親子天下股份有限公司

立即購買 >
親子天下 Education・Parenting・Family Lifestyle
親子天下 Shopping
親子天下 有聲故事書

黑白神醫大麥町 1

流浪狗變神醫

文 林哲璋 圖 cheng cheng

大麥町醫生
原本住在人類社區，
曾在人類醫院擔任動物醫生。
奶奶，狗狗
醫生來了。
你好！
謝謝你來
陪我。
大麥町醫生
離開人類醫院後，
流浪到森林，
偶然發現了……
!?
你一定很痛，
我來想想辦法。
班馬醫生，
我的斗篷受傷了，
請救救我。
以前曾經看過這種治療法。
滑雪板
菜籃輪子

因此，
黑白醫術的鼻祖——
雨傘節醫生
決定收大麥町為
第三代弟子。
我是第二代
弟子斑馬醫生。
你可真是個
可造之才啊！
用雨傘試試看吧！
用腳踏車頭
試試吧！
太棒了，我拿到
森林行醫證照了。
師兄，恭喜你成為
「拼接療法」創始人。
大麥町醫生拯救了
森林裡許多病患，
因此有了「黑白神醫
大麥町」的稱號，
獲得滿滿的成就感，
完全不想回到
人類社會生活了。

目次

\叮咚/

001

公雞先生没毛病 6

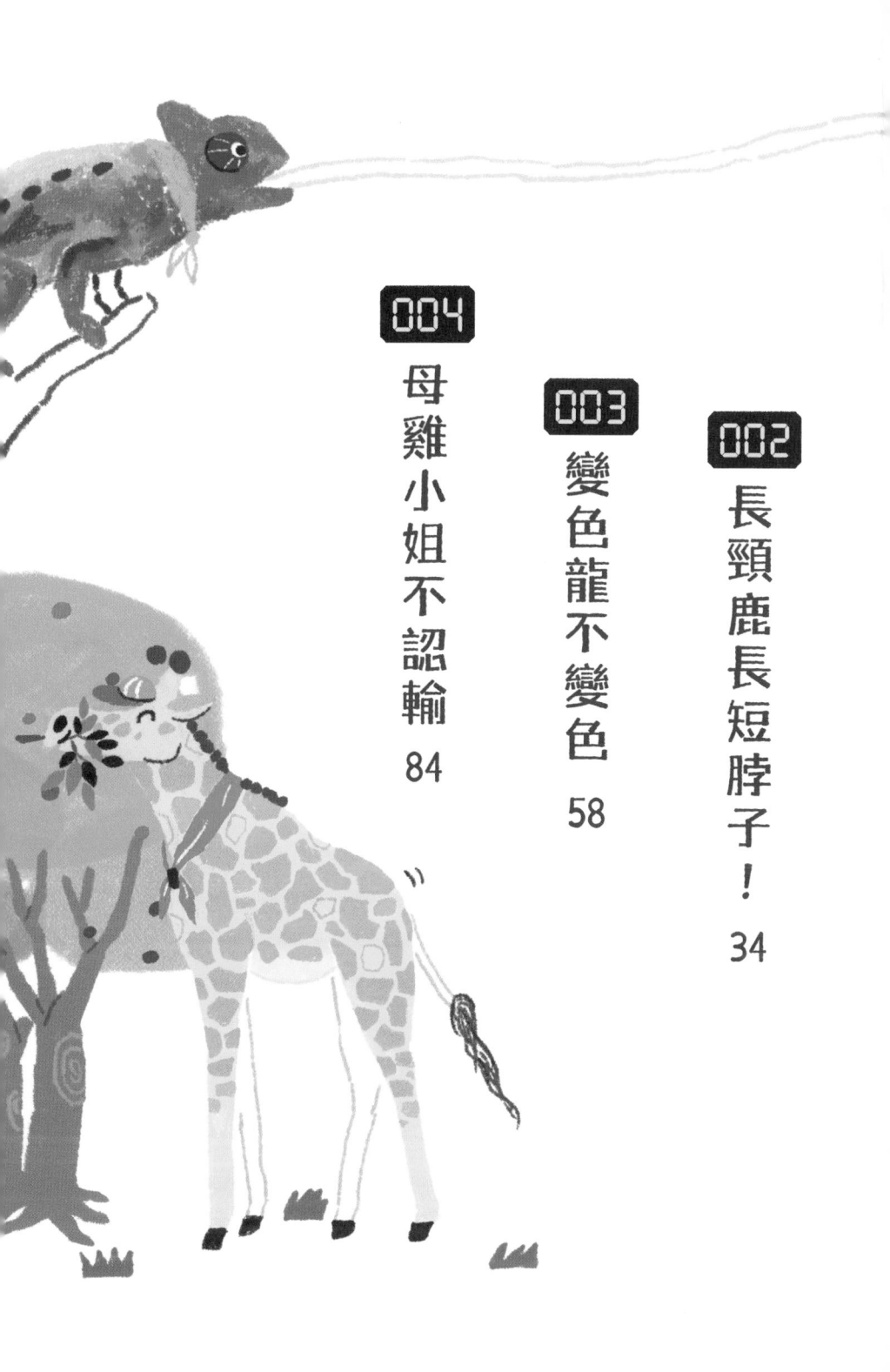

002 長頸鹿長短脖子！ 34

003 變色龍不變色 58

004 母雞小姐不認輸 84

叮咚
001
第一位
公雞先生

公雞先生沒毛病

森林診所裡，大麥町醫生總是能完成病患的請託，治好大家的疾病，無論是生理的還是心理的。

因此，森林裡的動物都幫大麥町醫生宣傳，讓大麥町醫生的診所生意興隆，門庭若市。

大麥町醫生也不負眾望，他總是讓

患者皺著眉頭哭
進來，彎著嘴角
笑出門。

有一天，公雞先生走進了大麥町醫生的診所，苦著臉說：「醫生，我身為一隻公雞，可是尾巴上的羽毛卻不夠雄糾糾、氣昂昂，害我時常被恥笑，差點被霸凌。我聽說醫生您能治療各種疑難雜症、醫好各式心靈創傷，拜託您幫幫我！」

大麥町醫生聽完，馬上表示這是小菜一碟、小事一件、小病一種：

「我這兒剛好有從人類城市

撿來的雞毛撣子，我可以利用雞毛撣子上的雞毛，幫你植『毛』。反正雞毛撣子的雞毛也是從您同類那兒取來的，我今天就『取之於雞，用之於雞』！」

大麥町醫生請馬來貘護理師把雞毛撣子上最長、最粗的雞毛拔下，裝在公雞先生的尾巴上，讓他看起來跟其他的公雞沒兩樣。

果然，裝上新尾巴的公雞，隔天早上叫得特別有朝氣、格外有精神。

公雞先生食髓知味、見好不收。過了幾天，又來找大麥町醫生。他說：「醫生，您真是妙手神醫，既然您能把我的尾巴治好，那麼可不可以順便把我的雞冠弄得更貴氣一點？」

「可是你的雞冠看起來沒什麼異樣啊！」大麥町醫生不覺得公雞先生需要操這個心。

「好還要更好，帥還要更帥！」公雞先生告訴大麥町醫生他的「雞」生觀、座右銘。

「好吧！」大麥町醫生心地太仁慈，服務太周到：「我這兒沒有雞冠的庫存，但是雞冠草莓倒是有不少……。」

原來，大麥町醫生在診所旁有片空地，空地上種了草莓，草莓的果實有些長成連體嬰、三胞胎或四胞胎，看起來就像雞冠一樣。

「我送你幾盆『雞冠』草莓，你好好的照顧，結出的草莓就當帽子戴，餓了的時候，也可以把頭頂的雞冠摘下來當水果吃，補充一些維生素……。」

「太棒了！」公雞先生頂著鮮豔欲滴的草莓雞冠，趕回家炫耀。

公雞先生有了雄壯的雞尾巴，又有了美麗的公雞冠，好多母雞都愛上了他。

可是有一天，公雞先生竟然和母雞們辯論起「公雞偉大還是母雞偉大」的議題。

公雞說自己會報時、力氣大，當然就偉大；母雞們卻舉證歷歷：「人類最古老的問題就是：『先有雞，還是先有蛋？』這問題裡的雞肯定不是公雞！因為母雞才會生蛋，母雞如果不生蛋，怎麼會有公雞先生您呢？」

公雞先生辯不過七嘴八舌的母雞，又哭哭啼啼的來找大麥町醫生了。

大麥町醫生搖著頭問：

「公雞先生，你又怎麼了？」

公雞先生說：「我要生蛋！」

「別鬧了！」大麥町醫生翻白眼。

「我不管，您不讓我生蛋，我辯不過那些母雞，那我就不想活了。您不能見死不救！」公雞先生語帶威脅。

大麥町醫生無奈的說：「真的要生蛋？」

「一定要生蛋！」公雞先生斬釘截鐵。

「好吧！」大麥町醫生嘆了一口氣，

往他的醫療器材倉庫走去，

他一邊走，一邊說：

「幸好，前幾天，

我在城市裡撿到了一

臺扭蛋機……。」

病歷表
病患 公雞
傷病名稱 容貌焦慮、愛面子、不服輸
症狀 沒毛病、雞冠不夠帥、公雞想生蛋
處方箋 雞毛撣子一支、三胞胎草莓一個、扭蛋機一臺和扭蛋數顆
複診狀況 有了帥氣的外表和生蛋技能加持，公雞從此自信滿滿，走路有風

叮咚
002
下一位
長頸鹿

長頸鹿
長
短脖子！

大麥町醫生醫術好，動物都不遠千里來找他解決疑難雜症。

有一天，長頸鹿上門求診——

「醫生，我希望脖子能短一點，這樣子比較好睡覺；也可以吃到矮一點的樹叢果子。最重要的是：不會有小動物一直來問我上面空氣好不好！」

「脖子？」大麥町醫生心裡犯嘀咕，他問：「難道你要我幫你把脖子切掉？」

「您怎麼醫，我不管，我只要脖子變短。」長頸鹿態度堅定。

這有點難倒了大麥町醫生——接尾巴、換皮毛，算不了什麼；但是要切脖子、砍腦袋，那可不是鬧著玩的。

「您不想砸了『黑白神醫』的招牌吧？」長頸鹿使出激將法。

小動物們聽說長頸鹿要求大麥町醫生幫他把長脖子變短，紛紛趕來表示反對。

「長頸鹿想變成短脖子，與你們何干，為什麼要阻止？」大麥町醫生好奇的問。

「事情是這樣的，」小羚羊上前哀求：「每次遠方有危險逼近、獵人出沒，長頸鹿總是第一個通知我們；

假如他的脖子變短了，視野變窄了，遠見不見了，以後我們怎麼辦？」

大麥町醫生聽了覺得有道理。

小動物們表示：長脖子是我們敬重長頸鹿的主要原因，長頸鹿如果切掉長脖子，將來他一定會後悔的！

「怎麼辦？一邊是患者的心願，一邊是大眾的期待，這該如何是好？」大麥町醫生苦惱了好久……。

然而大麥町醫生不愧是黑白神醫，立刻想出好主意；他到資源回收廠找了好多工具，進了手術房，幫長頸鹿換上新脖子。

手術室

手術中，長頸鹿夢見自己脖子變短了，興高采烈跑去找了棵矮果樹吃午飯。

正巧遇到人類

皇帝和文武百官出巡。

皇帝看到短脖子長頸鹿，指著他大叫：「奇怪的長頸鹿！」

身旁有個奸臣卻糾正皇帝說：「啟稟陛下，那不是鹿，那是一匹馬。」

皇帝不相信，詢問文武百官。想拍奸臣「馬屁」、害怕奸臣權勢的文武百官都十分難為情的說

那是馬。

因此，人間誕生了一句成語叫「指鹿為馬」。

長頸鹿一覺醒來，短脖子也成功裝好了。

不久，遠方的候鳥捎來了消息：

「獵人出動了！」

「在哪裡？」長頸鹿想伸長脖子探看，卻什麼都看不到。

「你順時針轉眼球試試。」大麥町醫生提醒長頸鹿。

「轉眼球？」長頸鹿眼球一轉，脖子就一直伸長……。

「怎麼會這樣？」

長頸鹿和小動物都大吃一驚。

「我知道長頸鹿可能會後悔，所以我用排風管取代脖子，再將廢棄消防車上的雲梯拆了下來，裝了上去……長頸鹿如果想要縮短脖子，逆時針轉眼球就行了。」

大麥町醫生沒吹牛，長頸鹿的脖子果真伸縮自如。

長頸鹿不但能吃
到矮樹叢的果子，也可
以伸長脖子查看敵人行蹤，

繼續當小動物的最佳警衛。

因為長頸鹿示警，小動物才能逃過一劫。

小動物們指著長頸鹿說：「最大功臣就是脖子能屈能伸的長頸鹿！」

「不是的！」長頸鹿不肯接受這項讚美，他把大麥町醫生推出來說：「真正的功臣是神乎其技的黑白神醫——大麥町醫生！」

病歷表
病患 長頸鹿
傷病名稱 脖子太長 生活不便
症狀 睡不好、吃不好、被小動物打擾
處方箋 排風管一根、伸縮雲梯一座、長頸鹿紋路的假鹿皮一張
複診狀況 能屈能伸，長頸鹿變大丈夫！

\叮咚/
003
下一位
變色龍

變色龍不變色

大麥町醫生的診所衝進一位病人——一隻全身黑不溜丢的變色龍蜥蜴！

「醫生，請救救我！」

「請問你哪裡不舒服？」大麥町醫生非常專業的看診。

「我是一隻變色龍，可是我變不出其他顏色，我只變得出黑色……。」黑色變色龍苦著臉、流著淚向大麥町醫生訴苦：「同學們都笑我，老師們都瞪我，學校發點心時，班長故意跳過我！就像今天學校點心是我最愛的芝麻糖，數量少了一個，全班竟然一致同意不發給我……。」

點心

見到黑色變色龍哭哭啼啼，哭聲和口水齊飛，眼淚和鼻涕俱下的樣子，大麥町醫生覺得很不忍心，他安慰黑色變色龍說：「『無法變色』這毛病可能要慢慢醫，不過……」

大麥町醫生話還沒說完，黑色變色龍就急著插嘴：「那我的點心怎麼辦？聽說下星期學校的點心是我最喜歡的巧克力、黑糖糕、芝麻糊、墨魚麵……。

「點心的問題倒好辦！」大麥町醫生拿出他的心理醫師專業，秀出他的心理醫師執照，決定「心病還得心藥醫」！他告訴黑色變色龍：「雖然你的變色能耐略遜一籌，但是你的『十寸』不爛之舌，功能可是

正常得很！」

大麥町醫生靠近黑色變色龍的耳朵旁，仔細分析現在的情勢，輕聲說出自己的妙計。

週末過完，黑色變色龍回到教室，當老師開始發巧克力點心時，同學們又想跳過黑色變色龍。胸有成竹、心有對策的黑色變色龍拿出早已準備好的紙板，大聲抗議：

「你們笑我黑，不發給我點心——

抗議!!

可是巧克力也是黑色的，如果你們歧視黑色，你們才沒資格吃巧克力……全班沒有一個動物比我更有資格吃巧克力！」

黑色變色龍班上的老師和同學聽了，都啞口無言、低頭不語，乖乖的把巧克力分給他。

黑色變色龍變色的功夫學不好，舌上功夫倒沒漏氣！

他最後不但吃到了點心，伸張了正義，還把變色的功夫漸漸練好了。

原來，大麥町醫生發現了病源病根——黑色變色龍因為太挑食，只吃黑色食物、墨色點心，久而久之，膚色變黑，蓋住了其他顏色，當然就只變得出黑色。

大麥町醫生叮嚀黑色變色龍不可以偏食，各色食物都要適當攝取，保持營養均衡，慢慢的，他的變色功夫一步步恢復，他的隱身能力也一天天進步了。

在完全復原之前，大麥町醫生拿出了他的珍藏——一整盒什麼顏色都有的人類化妝品！聽說是一位「錢用不完」的女士在百貨公司週年慶後淘汰掉的舊款。

Dog

大麥町醫生用它進行美術教學，教黑色變色龍學習人類把皮膚當畫布，畫出五顏六色的藝術創作，訣竅是擷取大自然的元素，目標是畫出幾可亂真的作品。

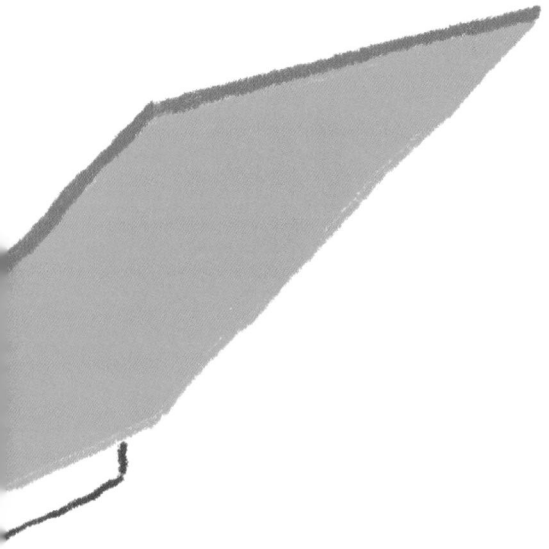

就這樣，黑色變色龍恢復了自信，生命從黑色變回了彩色。

大麥町醫生妙手回春的事蹟傳了出去：他把

黑色變色龍的外形整回了原本該有的模樣！

最近卻有一群森林居民不滿意自己天生的樣子，跑來診所拜託大麥町醫生幫忙——

例如臭鼬鼠女士和虎鯨先生，他們跑來異口同聲說自己的黑白色太「醜」，想換成彩色。

大麥町醫生翻白眼，翻到臉都黑了！

病歷表
病患 變色龍
傷病名稱 挑食、營養素不足
症狀 皮膚太黑、無法變色
處方箋 飲食均衡健康講座十堂、什麼顏色都有彩妝盒一盤
複診狀況 不挑食，黑白變彩色，開啟新人生

\叮咚/
004
下一位！啊！不對，
下一群母雞小姐

母雞小姐不認輸

公雞先生請大麥町醫生幫他實現下蛋的夢想，卻害得母雞們不能用「生蛋」這件事向公雞自誇，她們十分惱怒，決定一起來找大麥町醫生算帳。

「大麥町醫生，您不能因為自己是男性，就偏心男生！」母雞們嘰嘰喳喳、嘀嘀咕咕的向他抗議。

大麥町醫生勸母雞們冷靜，他解釋：「醫者父母心，『父母』有父也有母，生的小孩有男也有女，當醫生的怎麼會偏心男生呢！」

「要不然，您也幫我們想想辦法——別讓那隻驕傲的公雞得意忘形、自以為是、目中無人、吹牛臭屁……」

「好！好！好！我來解決你們的疑難雜症，」大麥町醫生對症下藥、用心治病：「你們希望如何讓公雞對你們服氣？」

「公雞自誇雞冠美、尾巴長，還有美妙的歌喉響又亮……」母雞們七嘴八舌、一五一十的道來：「本來我們還可以笑他『不會生蛋』，

想不到他找你裝
了扭蛋屁股，只要
扭一扭，就能生出一
顆顆的蛋，還是小朋
友最喜歡的扭
蛋，害我們優勢
盡失、臉面全無……

您得幫我們把面子討回來！既然公雞可以請您幫他裝扭蛋，您也得替我們裝上美雞冠、長尾巴，並且幫我們整型整出一副好歌喉！」

大麥町醫生聞言一驚，抓頭一想，回答母雞們說：「雞冠這事好解決，我院子裡就種了許多雞冠花；尾巴這事沒問題，我可以向孔雀家族募捐；只有這響亮歌喉一事，有一點麻煩，不過，我盡量試試看！」

大麥町醫生為母雞們戴上了雞冠花帽，接好了孔雀尾羽，接著去了二手樂器行，買來一堆小喇叭，裝在母雞的喉嚨上。

「請試音！」大麥町醫生對病患們說。

「叭！叭！叭！」母雞們輕輕扯一下喉嚨，大麥町醫生的診所立刻變成管樂隊的演奏舞臺。

母雞們很滿意，高高興興、快快樂樂的回家去了。

隔天，公雞先生正準備叫森林裡的動物起床時，母雞們已經搶先一步，用她們新裝的喇叭吹出起床號，接著演奏「刷

牙洗臉進行曲」。

森林裡的小動物都回想起小時候媽媽叫他們起床的經驗，不敢怠慢，趕緊起床刷牙洗臉上廁所，準備洗手、吃飯、更衣、上班去。

母雞們很滿意，雖然「生蛋」這件事被比了下去，可是早上咕咕咕、叭叭叭的鬧鐘功能，母雞們扳回一城。

隔天，公雞先生又跑來找大麥町醫生……

「大麥町醫生，您實在太神了！上次，我裝扭蛋時，順便請您開藥治我『睡眠不足黑眼圈』的毛病，您說什麼都不肯開藥。還勸我『藥能不吃就不吃』……」

公雞先生感激涕零的說：「我當時還以為您是醫術不夠好，不然就是診所沒備藥。想不到，您竟然讓母雞們早上搶著叭叭叭的替我工作，讓我不必天沒亮就起床，可以好好睡覺睡到飽——睡眠不足黑眼圈的症狀，自然而然不吃藥就治好。」

Z Z Z

「睡眠不足就該去睡回籠覺，何必為了一點小事就吃藥！」大麥町醫生語重心長的說：「一邊要求清晨吹起床號，一邊需要好好睡一覺，你們各取所需，我則一舉兩得，一下子把雙方的病都治好，這樣的結局實在太美妙！」

病歷表
病患 母雞小姐(們)
傷病名稱 好勝、愛比較
症狀 公雞有的我們也要有
幻想有雞冠、華麗尾巴、響亮歌喉
處方箋 雞冠花一把、孔雀尾羽一把、
二手樂器行的小喇叭數支
複診狀況 公雞有的母雞都有了，還成了森林
裡最有用的「鬧鐘」

病歷表
病患 公雞先生
傷病名稱 睡眠不足
症狀 疲倦、黑眼圈
處方箋 醫好母雞小姐（們）的病
就是公雞先生最好的藥
複診狀況 天天睡到自然醒，精神百倍，
神清氣爽

閱讀123